Warum du mein BRO bist

DER BROPHET

riva

Dieses Buch wird ausgefüllt

von

....

für

....

Lieber ....,

das Leben ist geprägt durch Zufälle, Überraschungen und Wendungen. Aber eine Sache, auf die ich mich immer verlassen kann, bist du, mein Bro. Egal, wie schlecht es mir geht oder was für eine Herausforderung auf mich beziehungsweise auf uns wartet, du stehst es mit mir durch.
Du bist mehr als ein Freund, du bist ein Teil meiner Familie. Bei allem, was wir unternehmen, sorgst du dafür, dass es ein unvergessliches Erlebnis wird. Und sollte einer von uns etwas Dummes machen, macht der andere selbstverständlich mit.

Dein ....

In einem Satz –
darum bist du mein Bro:

....

....

....

Deine vier besten Eigenschaften:

1. ....

2. ....

3. ....

4. ....

Hätte ich gar nicht von dir gedacht,
aber mit der Aktion

....

hast du dich als echter Wingman
erwiesen.

**Der Moment,
in dem ich realisiert habe,
dass du nicht nur ein guter Freund,
sondern ein echter Bro bist:**

....

In dieser Situation hast du mir den Arsch gerettet:

....

....

....

Dieses Erlebnis mit dir war
legen … warte, es kommt gleich … där:

....

....

....

Bei der Erinnerung an diese Aktion von uns, muss ich schon beim Gedanken daran lachen:

....

....

....

Wegen dieser Aktion wollte ich dich boxen:

....

....

....

Unsere Gute-Laune-Playlist:

1. ....

2. ....

3. ....

4. ....

Womit wir am meisten Zeit verbringen:

.... ,

.... und

....

Die dümmste und
verantwortungsloseste Aktion,
die wir je gebracht haben, war

....

....

....

Das ist ein Geheimnis von mir, das nur du kennst*:

....

....

....

*Reiß diese Seite danach aus dem Buch, zerreiße sie und verbrenne sie sorgfältig. Solltest du das nicht tun, kannst du unsere Bromance als beendet betrachten.

Diese Sache werde ich mit ins Grab nehmen:

....

....

....

So gut kenne ich dich

Dein Beuteschema: ....

Deine meist getragene
Kleidung: ....

Dein Lieblingsessen: ....

Dein Stammlokal: ....

Sollte ich je im Lotto gewinnen, werde ich dir

....

....

Das ist deine Superkraft:

....

In diesem Moment hatten wir so einen starken Lachflash, dass wir fast nicht mehr aufhören konnten:

....

....

....

Warum nur ich als dein Trauzeuge infrage kommen kann:

- ☐ Ich kenne dich wie kein anderer.
- ☐ Ich organisiere den legendärsten Junggesellenabschied für dich.
- ☐ Wenn ich es nicht werde, verrate ich allen dein schlimmstes Geheimnis.
- ☐ ....

Ich kann mir niemals vorstellen, ohne dich

....

....

....

Mit dir kann ich wie mit keinem anderen über

☐ Bräute ☐ Liebe

☐ den Job ☐ das Leben

☐ Probleme

☐ ....

reden.

Diese Qualitäten kannst du an dir verbessern, um ein besserer Bro zu sein:

- ☐ Mehr Drinks ausgeben
- ☐ Öfter mal die Klappe halten
- ☐ Ein besserer Wingman sein
- ☐ Nichts. Du bist der Beste.

Das muss ich noch an mir verbessern, um ein besserer Bro zu sein:

- [ ] ~~Mehr Drinks ausgeben~~
- [ ] ~~Öfter mal die Klappe halten~~
- [ ] ~~Ein besserer Wingman sein~~
- [x] Nichts. Ich bin der Beste.

Vier Worte, die unsere Beziehung perfekt beschreiben:

1. ....

2. ....

3. ....

4. ....

Dafür verdienst du meine höchste Anerkennung:

....

Was ich tue, wenn du mal wieder zu tief ins Glas geschaut hast:

....

....

....

Das hast du für mich getan

....

und dafür bin ich dir
ewig dankbar.

In einem Film über unsere besten Momente wäre

1. ....

2. ....

3. ....

zu sehen.

Wobei wir zusammen unschlagbar sind:

....

....

....

Hier herrscht ein regelrechter Wettkampf zwischen uns:

....

....

Du motivierst mich jedes Mal,
wenn

....

....

....

Ich werde dich direkt anrufen, sollte

....

....

Unsere Regeln, wenn wir auf dieselbe Person stehen:

1. ....

2. ....

3. ....

Weißt du noch,
der legendäre Abend,
an dem wir

....

....

.... ?

Für so viel Geld würde ich dir ins Gesicht schlagen:

....

Damit kann ich dein Leben zur Hölle machen:

....

**Was wir noch tun werden,
wenn wir alt sind:**

…………………………………………………………………… ,

…………………………………………………………………… und

……………………………………………………………………

Diesen Insider verstehen nur wir:

....

Unser perfekter Bro-Abend beinhaltet

.... ,

.... und

.... – in dieser Reihenfolge.

Das hat unsere Bromance geprägt:

....

....

....

Das müssen wir unbedingt wiederholen:

....

....

Was ich an dir liebe:

Sollte mir zu dieser Frage nichts eingefallen sein, da ich von meinen Gefühlen übermannt wurde, habe ich dir etwas auf die Seite gemalt. Sollten andere Leute zuschauen, wie du das Buch liest, dann tue bitte das für meine Ehre: Sag allen, dass die Antwort zu persönlich ist, um sie vorzulesen. Mache einen ergriffenen Gesichtsausdruck, lache laut auf und nicke mir dann anerkennend zu. Du bist der Beste!

Danke für

....

....

....

Bibliografische Information der Deutschen Nationalbibliothek:
Die Deutsche Nationalbibliothek verzeichnet diese Publikation in der Deutschen Nationalbibliografie. Detaillierte bibliografische Daten sind im Internet über http://d-nb.de abrufbar.

Für Fragen und Anregungen:
info@rivaverlag.de

Wichtiger Hinweis
Ausschließlich zum Zweck der besseren Lesbarkeit wurde auf eine genderspezifische Schreibweise sowie eine Mehrfachbezeichnung verzichtet. Alle personenbezogenen Bezeichnungen sind somit geschlechtsneutral zu verstehen.

Originalausgabe
1. Auflage 2021

Türkenstraße 89
80799 München
Tel.: 089 651285-0
Fax: 089 652096

Text: Jakob Petri
Umschlaggestaltung und Layout: Isabella Dorsch
Satz: Christiane Schuster | www.kapazunder.de
Druck: Livonia Print, Riga, Lettland

ISBN Print 978-3-7423-1879-4

Wir produzieren nachhaltig
www.m-vg.de